바람이 매일 꽃을 만져주듯
미루는 건 사랑이 아닐 테죠

바람이 매일 꽃을 만져주듯 미루는 건 사랑이 아닐 테죠
계절이 남긴 사랑의 흔적과 지나가는 청춘에게

초 판 1쇄 2024년 01월 25일

지은이 박찬영
펴낸이 류종렬

펴낸곳 미다스북스
본부장 임종익
편집장 이다경
책임진행 김가영, 박유진, 윤가희, 이예나, 안채원, 김요섭, 임인영

등록 2001년 3월 21일 제2001-000040호
주소 서울시 마포구 양화로 133 서교타워 711호
전화 02) 322-7802~3
팩스 02) 6007-1845
블로그 http://blog.naver.com/midasbooks
전자주소 midasbooks@hanmail.net
페이스북 https://www.facebook.com/midasbooks425
인스타그램 https://www.instagram/midasbooks

ISBN 979-11-6910-460-9 03810

값 17,500원

미다스북스는 다음세대에게 필요한 지혜와 교양을 생각합니다.

바람이 매일 꽃을 만져주듯
미루는 건 사랑이 아닐 테죠

박찬영

계절이 남긴 사랑의 흔적과 지나가는 청춘에게

미다스북스

차
례

제2부 빈 가지는 벌써 자두라던데

제3부　너의 어깨와 뒷 목선 사이로 보이는 창밖의 바다는
고요했다

제4부   설은 열매 같다 내 서른

CAUTION HOT CONTENTS

뜨거우니 천천히 읽어주세요.

아, 소비기한은 없어요. 오래도록 간직해주세요.

모든 계절에는

저마다의 감각과

저마다의 추억과

저마다의 눈물

그리고

점 하나의 헤어짐이 있었다.

품고 있는 절기가 다르기에

문뜩 찾아오는 계기가 다르다.

묻고 싶은 말도 다르다.

사랑의 시작, 사랑의 실패 그리고 사랑의 끝.

모두 시의 시작이었다.

제1부

너를 보던 내 이름도 기억나지 않고

―――

나에게 가을은 계절의 시작이다.

고독히 내려다보면 온 산맥을 붉히는 단풍 때문에

한 번은 여름보다 뜨거웠다 할지도 모르겠다.

점점 가을의 경계는 불분명해져 간다.

하지만 가을은 사라지지 않을 것이다.

나무들에게 떨궈야 할 잎이 생기는 한.

다시 가을이다.

매번 더 나은 사람이 되어야겠다는 결심을

이맘때 즈음해본다.

I hope this letter finds you well

내 시를 보고
되도록 많은 사람들이
되도록 많이 울었으면 좋겠다

운다는 건 마음이 울렸다는 뜻이다
내가 울린 게 아니라

그 시절, 그 시각

그때 난 참 바보 같은 머리를 하고 있었는데
쫄은 바지와 풀은 카디건이 서툴게 멋 낸 자존심이었는데

그땐 뭐가 그렇게 중요했는지
너의 문자에 싸라기눈 같은 답조차 하지 않았을까

몇 번의 전화기가 바뀌어서
어디에서도 서롤 알아보지 못하겠지만

요즘처럼 너의 열람을 알 수 있는 알람도 없어서
나는 다 자란 손톱 같던 그 작은 네모를 그렸다 자르네
그 네모 속에 아직 넌 가끔 있을까

조금 답이 늦는 거라
배터리를 갈아 끼고 있으리라

16

아니면 아주 긴 답장을 보내느라

멀티메시지로 변환된 거라 생각할까

버스와 학원과 축제

세 번의 마주함은 우연만은 아니었겠지만

빠듯한 하루와 숙제

세 번의 마주함을 풀지 못한

나의 봄에 훼방 놓는 어른들 때문에

그때는 너와 나의 공식을 찾지 못했나 봐

처음 아팠던 사랑도

끝내 못 이룬 사랑도

펴보지 못한 꽃들도

이제는 모두 지난 첫사랑이라 떠올리는 걸 보면

어디에도 없이 오직

아주 오래된 내 풋기억에만 있는 것은 다 첫사랑 아닐까

아주 오래된 나의 풋기억
늙었을까 그대롤까

갓난 햇살에 투명해진 백도 같던 네 얼굴만
그 장면만 생각나네

그 시각부터 모든 것이 달라졌던 내 시각
너를 보던 내 이름도 기억나지 않고

내 오래된 기억보다 더 오래된 계동 골목은
몇 다스의 잊혀진 사랑으로 덮였을까

시적 허용

사실 그래야 한다
고 나는 생각한다
고로 잔재(殘在)한다

딱지 진 무릎이 젖은 얼굴을 안을 만큼은 간절해야 한다
당신 생각만큼
쉽게 용납받지 못하는 것들이 있다
당신 생각만큼
딱 그만큼 쉬운 것이 아니기도 하다
당신 생각만큼
부르기 좋은 핑계라 여기저기 대고 다녔겠지만
이제는 너의 이름을 어렵게 아주 어렵게 꺼내 보자

일부러 그랬다고
함부로 해서는 안 되는 것들이 있다

당신 생각만큼

알면서도 틀렸을 너의 마음

그땐 알맞진 않았지만

나의 생각도 너의 태도도

그만두기 쉽지 않은 것들이 있다

그냥 그랬다고 하면 되니까

당신 생각만큼

그러면 그게 다니까

허용했다고 용서한 것은 아닌 것 같다

물끄러미 이유를 찾아보는 모든 것에

당신 생각만 큼

아가페

사랑

가엽고
귀엽게 여기는

마음

노들섬

그때 그대 내게 기댄
어제 같던 나의 기대

편지 정거장

수줍게 붉은 낯짝을 하고
넌 항상 그 자리에 서 있었다
혹여 부서질까 식어버릴까
품속에 고이 모셔 온
백봉투를 기다리며
그리고 그 누군가를 기다리며
그렇게 멈추어 있었던 걸까

검은 먹 한 알, 한 톨까지
꼭꼭 눌러 담은 글 그릇에는
식지 않은 구수한 손내 가득하다

네게 맡긴 나의 마음이
그대를 생각할 때마다
자꾸 데워지나 보다

그래서 넌 붉은가 보다

네게서 나온 것이 참으로 따뜻한가 보다

내가 쓴 최고의 시

내가 쓴 최고의 시
네게 쓴 나의 편지

너만 온전히 알고 뛰놀 수 있는
말
들
과
풍
경
이

집전화

당신이 듣고 싶어지면

당신 집으로 전화했던 때가 있었지

까먹지도 않네 그 집 번호는

온 집안을 덮었을 그의 소리

언제 멎었는지 아무도 기억하는 이 없고

울던 소리 어땠는지 아무도 기억하려 하지 않고

그냥 그 자리에 있어야 하기에 있는 존재가 되어버려서

더 이상 울지도 걸지도 못하게 된 부끄러운 물건

외면도 교정도 할 수 없는 부끄러운 내 과거처럼

집전화 먼저 울고   123

수화기 너머 울던   456

당신 소리는 아직   789

내 고막을 울리고   ✕0#

내 망막을 흐리고

집 전화 소리를 당신 울음소리가 처음 이기던 날
당신 손에 끊긴 당신 소리

오래전 끊어졌지만
나는 수화기를 들어 왼쪽 뺨에 대고
그 심전도 측정기 같은 소리가 끊길 때까지 듣곤 한다
가끔 당신이 너무 듣고 싶어서
가만히 듣는 소리

뚜―
영영
사라진 당신

뚜―
못 뛰는
심장 다신

볼트와 너트

못나서 모난 나를
모나서 못난 너가
안아주었지

그래 우린 서로를
못난이라 불렀지

못난 자리
티 나지 않게 해줘서

볼트와 너트
패트와 매트보다
잘 어울렸던
우리

입장

나의 밤과 너의 낮은 달라서
아마도 나의 낮이 너의 밤이라서
나의 것과 너의 것이 다르겠지만

다름 아닌
네게 다다름을
포기하지 않기로 해

잊지 않고 들어와 줘서 고마워
이제 나는 매일 들어봐 줄게

행진
함께.

안녕, 사랑과 가장 비슷한 말

안녕, 그리고 혹은 그래서
안녕.

모든 이를 사랑하는 것도 사랑,
그대만을 사랑하는 것도 사랑.

안녕하세요,
사랑하세요.

들어봐요

일산 가는 전철 좋아요

무심코 패딩 대신 집어 든 코트 좋아요

에스프레소 좋아요

담배도 오늘은 좋아요

더러운 그랜저 좋아요

피카소의 말 좋아요

8시간 전 좋아요

즉흥적인 오늘 하루 좋아요

내 앞에 앉은 당신 좋아요

그냥 다 좋아요

내일도 좋을 거예요

집의 자취

이름은 없는
그런데 매일같이 먹는 그 음식을
오늘도 해 먹는다

꽤 오랜 시간 구면이어 왔으나
통성명은 한 번도 아니 한 것이
나와 잘 어울렸다
어쩔 땐 짜게 굴고 어쩔 땐 키다리 같고 간혹 얼얼하고

내 무드에 따라 그도 달라지는 걸 보니
그도 접시에서 포크를 치켜뜨며
날 인식하고 있음이 분명했다

만약 이다음에 부를 것을 붙이고 싶거든
조잡한 재료의 나열이 아니라

당신이 그날 갖던 느낌을 따 붙이려 한다
재료와 노동과 타이밍과 불의 조화
예를 들자면 : 키 작은 담백이 다 타버렸네
자취를 감출 수 없다

첫 술갈에 문뜩 은이 생각이 난다
같은 반 은이는 우리 집 냄새를 참 좋아했다
우리 집에 오기라도 하는 날엔
(숙제를 핑계 삼아 오다 나중엔 숙제가 없는 날에도 왔다)
베란다까지 빙 두르며 나는 잘 모르는 그 냄새를
마음껏 콧구멍에 넣어갔다
새천년 건강 체조 숨쉬기를 할 때보다
더 큰 소리를 내며 히욱거렸다
그때 나는 은이가 나를 좋아한다는 걸
돌려 말한 거라 생각했지만
정말 우리 집 냄새만 좋아한 것 같다

은이는 할머니 같은 반찬과 말투를 하루에 한 번은 보였다

간단하나 정갈했던 은이의 도시락이 오늘따라 생각난다
물론 맛본 적은 없지만
그 김에 도시락 이름을 감히 지어주기로 했다 : 느린 사랑이
새벽을 밝히네

은이는 졸업 후 자취를 감췄다
나는 남중에 갔으니 내가 감춘 걸 수도 있겠다

그나저나 우리 집 냄새를 은이가 아직 좋아한다면
지금 내가 사는 집에는 그 냄새가
나지 않으리라 얘기하는 것이 낫겠다

단, 은이에게 내가 직접 말할 때까진 비밀이어야 한다
한 번은 여기에 놀러 올 수 있도록

로미오와 로잘린

사랑은 꿀처럼 썩지 않는단 것
새벽녘 하늘도 종일 흉내 못 낼
야릇한 색채를 품고 나타나선
촉촉이 이슬 지난 꽃봉오리에
두 입술 맞대면 어렴풋한 천국
엄마 품에서 처음 젖을 쟁취한
삼억 개의 별 중 최후의 승리자
캐러멜처럼 녹아내린 입천장
금시에 핏줄까지 벌게진 혀끝
사랑은 꿀처럼 썩지 않는단 것
오직 그 갈망으로 썩어 버린 건
나의 작은 이빨들 소중했던 너
사랑은 그대로, 고통은 별개로
선택은 내게로, 춤추는 소네트

너만

시 하나 써봐

시를 쓰려 했더니
너의 옷가지와 냄새가 적혔다

비로소
너를 적으니
시가 되었다

너만 생각하고 쓰련다
너만
너만

너의 그곳은 안녕한지

못 본 지 좀 되었지
너의 그곳은 안녕한지

이름을 붙여 부르던
너의 그곳은 여전한지

너와 다르던 너의 그곳인데
너와 같이 되어 그곳도

볼 수 없고
가볼 수 없고
담가볼 수 없게 되는 걸까

그곳은 그것이기도 하고 그곳이기도 하고
그곳은 너의 것이면서도 너의 것이 아니기도 하기에

평생 안부를 각오로 출발하여 도착하기도 전에 묻는 안부

너의 그곳은 안녕한지

꽃봄 같은 사람들 오가는 이곳

경포대 가는 시외버스 안에서

똑똑한 담임 쌤

똑똑

안자는 거 다 알아

똑똑히 들어

안자는 거 다 아니까 와서 꿇어앉아

똑 부러지게

몇 대 맞을래 아니면

똑 소리 나게

이실직고할래

똑딱 소리 그만 내라

누가 태웠어

42

똑같은 것들끼리 아주
시커메가지고는

똑바로 해 진짜
마지막이야

똑땅해
우리 다 들켰어

아끼는 시

제일 아끼는 시
없었던 그 당시
나를 보던 당신
떠올리며 쓴 시

키스

너와 쏟아지는 빗속에서

빗속에서 쏟아지는 너와

쏟아지는 빗속에서 너와

쏟아지는 너와 빗속에서

너 속에서 쏟아지는 비와

면도

매일 거뭇거뭇한 철가루를 걷어내는 일도

이제는 너무 지쳐버렸습니다

문방구에서 철이 없어 샀던 것이 어디서 온 것인지를

거울을 보다 알아버렸습니다

그것은 어른들의 잔해 숨길 수 없는

존재하지 않을지도 모르는 석순을 만나지 못해 종유석은

석주가 되지 못합니다

그들이 모두 창졸간 단모대(斷毛臺)에 잘리고 나면

혹독한 형벌을 다 치르고 나면

8번 버스에 올라 300원을 내밀고 50원을 돌려받던 때로

돌아갈 수 있을까요

은이가 나를 좋아했던 계절의 향취를

한 모금 마실 수 있을까요

46

보드라운 베이비파우더 냄새에 투명하고 빛나는 솜털이

온통 얼굴에 묻어있던 나

나의 르네상스로 한시적 여행을 갈 수 있을까요

그 백년전쟁을 오늘도 계속합니다

이따금 붉은 피를 보는 것은 필연이죠

전쟁에서 희생은 필수 불가결인걸요

살점이 무결 결백하다 한들 말입니다

그래도 호기롭게 턱선을 지나 인중의 종착역으로

부단히 상륙해 나아가야 합니다

교분이 깊다 한들 현시에는 웅기중기 솟아오른

터럭일 뿐이죠

아픔은 아픔으로 다스려야 합니다

통증을 잊을 순 없으니 필시 다스려야 합니다

저민 가시 사단이 거품에 휩쓸려 죽은 듯 떠밀려와

이내 심장을 다시 저미고

돛천 같은 타월을 꺼내 두어 번 쓱 문대고

수도꼭지를 매정히 비틀어
왈카닥 쏟아진 눈물로 환부를 적시고

그렇게 다시 스킨을 약처럼 발라줍시다
벌겋게 쓰라린 홍반이 고개를 들어도
뺨을 맞은 손에 반대편 뺨을 대주며
예수의 말씀을 실천합니다

네 몸을 네 이웃과 같이 사랑하라.
편견투성이가 되어버린 나의 몸
나 결코 이 싸움에 지지 않으리라

커피

내가 삶은 라면 뒤에는
네가 끓인 커피가 잘 어울렸다
언제나

우리가 내린 이야기가 전축을 타고 흐른다
뜨거우니까 조심해

네가 만든 커피는 좋겠다

타도 말이 되고
내려도 말이 되고
끓여도 말이 되고
뽑아도 말이 되니

너의 모든 것은 다 말이 되었으니

커피는 말이야

꽃피는 말이야

첫사랑

꿈에선 비가 왔고
깨어나 보니 눈이 온다
여전히
너는 오지 않았다

좋기만 한 것도
아프기만 한 것도 아니었다

새파란 다래
덜 익은 줄 알면서도
덥석 집어 꽉 깨문다

입이 썼다
마음이 아렸다

시공간

공간을 초월하여
너에게 갈 수 있다

시를 쓰는 나는

건망증

너를 뭐라고 불러야 할지를 모르겠어

별수 없이 들여다보는 낡은 수첩에

너는 뭐라고 적혀있더라

나라고 적혀있었네

나였던 너였네

나를 잊어서

그렇게

또

.

또

그렇게

너를 잊어서

너였던 나였네

너라고 적혀있었네

나는 뭐라고 적혀있더라

별수 없이 들여다보는 낡은 수첩에

나를 뭐라고 불러야 할지를 모르겠어

제2부

빈 가지는 벌써 자두라던데

—

육감적인 여름이었다.

나는 여름으로부터 많은 것들을 배웠다.

물결을 이뤄 바다를 적시는 법,

능숙히 서핑보드에 오르는 법,

나의 몸을 맡기는 법

그리고 추락한 곳에서 팔다리를 저으며

혼자 다음 파도를 기다리는 법.

뜨겁다 못해 검게 그을린 피부는

갑작스런 장마로 녹아내렸다.

여름과 장마, 뜨거움과 비는 이미 공존하고 있던 것이다.

지독한 클리셰 '한여름 밤의 꿈'처럼

여름은 필연히 태풍을 수반하고 사라졌다.

이유

어떤 한 문장을 위해 시가 존재하고
어떤 한 편을 위해 시인이 존재한다면
어떤 한 사람을 위해 나는 존재하나 보다

공란

빈 노트에 내 아무것도 쓸 수가 없었습니다

공허와 여백 사이, 회색지대의 처절한 줄다리기 끝에서

감히 나의 검은 잉크가 흩뿌려지기 두려웠습니다

발버둥을 치자니 얼기설기 감긴 가시가

더욱 단호히 나를 조이고

정해진 답을 받아들이자니

남은 스테미나가 얼얼한 울분을 게워냅니다

어찌할 바를 모르고 망설거리다

허연 배경에 떠오른 늙은 교수의 얼굴 탓에

실팍한 손가락들 사이로 다시금

펜을 찌르고 비끄러매 봅니다

위병소에서 올려다본 쪽빛 하늘을 써 내려가 볼까

떠올리기도 하고

낙조에 담홍색으로 물들었던 지나간 여인의 허리와

나의 두 손을 떠올리기도 하고

일찰나에 그것은 어디서 깨어났는지 씨근벌떡대며

고결한 창조를 앞둔 인간의 이목에 심한 대거리 해댄다

어이-

나의 고향 또한 본디 베링해 찬 바다 숨 들이쉬던

명태 뱃속과 한 몸이었으나

구슬픈 내 이름은 제밀할 것 명란도 창란도 아닌 공란이라네

소금에 쩔은 창자와 바다를 품지 못한 알들이 죽어가며

내게는 필히 살아남으라고 자신들을 비워

나로 가득 채웠다네 그러니

돼지 똥 신세를 면치 못하는 밀기울같이

볼펜 똥을 찍-하고 갈겨 놓치나 말고

호환마마의 용안은 당최 뵌 적도 들은 적도 없기에

우묵우묵한 마맛자국일랑

부디 뒤란에 내버려진 골판지 속에나 새기고

나와는 순결 서약을 맹세하자

이 벽창호 같은 사람아

악다구니를 써가며 펜과 종이가 흘레붙지 못하도록

단단히 분부하였기 때문에

빈 노트에 내 그래서 아무것도 쓸 수가 없었습니다

관계

앞에 성은 빼줘

친근하게 이름만 불러줘

몸에 맘이 가리지 않도록

글

너의 글을 정리하다
글로 너를 정리한다

차지는 건 혀와 너의 마음

글썽이는 나의 마음
글쓴이는 네가 미움

변명

그때 우린
너무 어렸고

사랑은
너무 어렵다

그냥 그러기로 했네 했어

따르릉

으르렁

해야 할 얘기가 너무 많아

만나지 않기로 했다

가끔은

하나씩 푸는 것보다

통째로 묻는 것이

나을 때도 있으니까

떨어진 밑창

가지지 못해서 내가

가지지 않더라 네게

편지

곱게 접어 내 마음 당신에게 보내 봅니다
어떠한 말도 글자도 당신 앞에선 부족하게만 느껴집니다
나는 얼굴도 목소리도 보고 들을 수 없습니다
이것밖에 줄 게 없음에 나도 가끔은 웁니다
그대 앞으로 편지를 보냅니다

밤입니다 각자의 삶이 있는 밤입니다
만나는 이와 헤어지는 이가 있는 밤입니다
남은 이와 떠난 이가 새어 나온 달빛으로 나뉘었습니다

책상엔 그림이 되지 못한 사비 연필 놓여있고
우표가 필요 없어진 흰 봉투도 있습니다

그래서 슬픈 이와 더 슬픈 이가 있는 밤입니다
덩그러니 전해지지 못해 남은 것은 나의 마음입니다

공연히 오지 않는 편지를 또 기다려버렸다

법칙의 불변

변치 않을게
제일 바보 같은 약속

변해볼게
제일 철없는 약속

오후 네 시 반

반쯤 마신 아메리카노에 빠뜨린

당신 얼굴 때문에

내 잔이 넘치나이다

낙관

잘할 수 있을 거야
나의 말

자랄 수 있을 거야
너의 말

그래 당신 덕분에 난
이만큼이나
자랄 수 있었네
너무 아프기는 했지만

잘하려다가 자라버렸네

여행

가자

가는거
자는거

통증

너와 하나일 땐 줄곧 허리가 아팠다
그래도 좋았다

너와 나일 땐 너무 울어 머리가 아팠다

너와 남일 때 지금 너의 자리가 아프다

흐림

뭐가 오면 당신 생각을 하는
내 모습 싫어서

나는 조금 더 성숙하기로 하였고

이젠 뭐가 오지 않아도
당신 생각합니다

편도 결석

네 윗니.   네.
네 혓바닥.   네.
네 아랫니.   네.
네 체온.   네.
네 아밀라아제.
아 개명했지
네 아밀레이스   네.
네 치석.   네.
네 편도.   …

부어서 안 온 걸까
왕복이 아니라 못 온 걸까

울다 부었겠지
붓다 울었겠지

그래서 울고불고

말도 없다 편도는
모습이 없다

독디독한 냄새만이
덩
그
러
니

주지

그냥 그거면 됐는데

알아주거나
안아주거나

너는
안 와주었네

나는
악만 주웠네

계절

몸 건강에는 겨울이 좋고
마음 건강에는 여름이 좋다

아니면 말고

빈 가지는 벌써 자두라던데
개울이 얼어도 썰매가 없다던데

사랑했던 이유로 헤어지려 하니
나의 맘은 언제쯤 성숙하려 하나

블랙홀

적당한 거리 때문에
살아 남아있다
나는
그리고
우리는

하나의 이별에
하나의 블랙홀

내 가슴에 있는
몇 개의 별이었던 것들

점점 깊어지고 늘어져
너를 파괴하는

많이 만나보라고 한 어떤 어른이
밉다

지구 중력의 억 조 경 해 배로
내 가슴을 짓누르는
남은 것을
알지도 못하면서

자?

울고 있어 가만히
밤은 여전히 까마니

못 먹는 건 아마니
생각이 나서란 걸 아니

ex

전 여자친구의 전 남자친구가 쓰던
삼각대로

이제야
힘겹게
그려보는
너의 각도

너의 마음은

아직 애인이지만 사랑않던 마음 있었고
고작 초면이지만 사랑했던 마음 있었다

일단 내 마음은 그랬다

인류 보편의 마음
이보단 나을까 아닐까

어느 쪽이든 비극이다

결단

추억이 너무 많지만
추억이 미래가 될 순 없으니까

이만 여기서 내리겠습니다

희망

버스 탈 때
기사님께
인사하는
청년들이
많아졌다는 것

행여나

행(行)이 모여 연(緣)이 되고
연(戀)이 모여 시(詩)가 되듯

사랑하면 행동해야 하고
그리우면 시를 써야지

행여나 행, 연이라도 채우지 못할 날들 즈음엔
행복도 없는 날에 먹을 복은 있어야지 하며
내 마음 연에 꽁꽁 묶어 당신에게로 날아가야지

당신이 잘해서 당신이 더 잘 먹던
그 노란 감자가 그득하던 찌개
흉내조차 낼 용기도 나지 않던
연기가 천정까지 피어오르던 것

당신을 사랑하기에

세 발을 디뎌 슈퍼에 가서

땀이 벌써 뻘뻘 나도록 수증기를 맞으며

당근을 썰고 감자를 조각내어 장을 지져본다

두부를 그냥 두고 온 것이 두고두고 후회가 된다

지금이나 그때나

내가 조금 더 겪어야 했던 수모인데

당신 앞에 덩그러니 놔주지 못했던 한 모

지금이나 그때나

행여나 당신도 마주 앉을까 하고

행여나 풍미 얕은 냄새가 하늘께나 닿을까 하고

태어나 가장 많이 울었네

하여간 가장 많이 먹었네

잠자리

작은 침이라도 있었다면
작은 인간들도 함부로 할 수 없었겠지만

오랫동안 이어져 온 동심을 지키기 위해
오랫동안 진화하지 않은 것만 같은 존재

꼬리가 매운 작은 용 불을 뿜네
익은 벼 사이 누비며 밥을 짓네

오늘은 이렇게 잠자리에 든다
잠자리 잡는 꿈 대신

파르르 날개 떠는 당신 위에서
푸르른 달 떠있는 하늘 누비며

철없이 바랐던 어린 꿈들에서

한없이 바래진 옅은 색들까지

커피와 시

쓰지 않으면
안될 것 같은 날이 있다

다 당신 때문에

오랜만이야

차츰 정리되고 있던 내 방
그 방문을 네가 일곱 살짜리 아이에게 열어준 것만 같아

다시 왕창 어질러졌네
너의 문자 한 통에

다시 시작해야지 뭐
정리든 재회든

제3부

너의 어깨와 뒷 목선 사이로 보이는
창밖의 바다는 고요했다

—

나에게, 그리고 네게도 아마 가장 잔혹한 계절이었겠지.
눈물은 얼어붙어 서걱한 고체로 엉겼다.

좋은 곳에 갔다
좋은 것을 먹었다
좋을 것을 봤다

네 생각이 자꾸 나서
마음이 좋지 않았다

다 좋지 않았다.

서쪽 해를 등지고

이유가 필요 없는 눈물로

한참을 울다가

생각이 났습니다

당신이 보시기에 나의 그림자에는

무엇이 묻어 있었는지요

당신만 아는 나의 모습이겠지요

이유가 필요 없어진 슬픔으로

한참을 살다가

생각이 났습니다

당신이 가시기에 나의 뒷모습은

누구의 것이 되었는지요

아마

당신이 지구를 돌아

올 때까지

우리는 울리

울먹이는 하늘이길래 물었다
무슨 일이냐고

하늘이 말했다
내가 울지 않으면 과실이 없다고

꼭 당신과 나 같았다

당신이 날 너무 많이 울려서
종처럼 내 맘 아직도 울린다

아아

그로 인해 나의 손은 얼고
얼음은 녹았다

그래도 아직 나는 따뜻했고
녹은 물은 차가웠다

그런데 나는 너무 시렸고
물은 평온했다

아아—
창백해진 나의 손을 네가
잡아주었다면 좋았겠지만

기꺼이 그래주었다던 너는
기어이 체온을 잃지 않으려 애썼지

조금도

잠시도

상관도 없이

아아—

깨달아 버렸네

당연의 배신

관계의 끝에는 비로소 무엇이 있을까

당신이 서 있어야 하는 당연한 자리에
우두커니 내가 서 있습니다
으레 나를 깨우던 말짓과 손짓이 없어
조금은 이상한 아침이었더랬습니다

당신의 당연은 내게는 너무 큰 오만이었습니다
당신이 파도처럼 하얗게 부서진 후 나는 왼손잡이가 되었고
당신을 꿈처럼 손끝에서 놓치던 날
나는 일곱 살이 되었습니다
암모니아가 뾰족하게 코점막을 찌르듯
익숙했던 것들이 쉼 없이 낯선 얼굴을 들이밉니다

당연한 것을 당연하게 여기지 않는 마음

당연하지 않은 것을 당연하게 생각하지 않는 마음을 주소서

당신의 부재는 나의 실재(實在)를 알게 했습니다
기형도의 Viva la vida를 보고
프리다 칼로의 질투는 나의 힘을 읽습니다
이제는 노여움을 겸양하고 기어이 잘 살아보려고 했을
두 사람
그럼에도 인간의 일생은 좋은 것이라는 전제를 믿고 싶었을
그 사람

전하지 않아도 전해지는 것은 온통 좋지 않은 것들뿐이군요
루머의 소문과 소문의 루머
담벼락에 남은 험담과 악담
마땅히 좋은 것들도 전해야 하지 않을까요
기다림과 위로 보고 싶다 괜찮다 고생했다
아낀다 하는 말들과 불란서 키스 같은 포옹
당신처럼 따뜻하고 고소한 좋은 것

아무쪼록 혼자 사는 법과 혼자 서는 법을 좀 배워야겠습니다

여전히 남겨진 나의 몫은 고된 여행을 마친 나를

공항에서부터 잔인하게 마중합니다

추신: 너의 어깨와 뒷 목선 사이로 보이는

　　　창밖의 바다는 고요했다

마음의 온도 차

나는 아직도 네가 궁금한데
너는 어제도 내가 당연하대

조기 이별

올해부터 본 것도
오래 본 걸로 치나?

너와 나의 대화는 그렇게 팔월 중순쯤 맴돌았다

깊이에 따라 다르고 빈도에 따라 천차만별이지
적절한 조치였다
대답이라기보단

과연 우리는 깊었을까
매듭 없는 결말을 알고도 돌아간다면 기뻤을까

심장은 더 뛰었을까
더 빨리 뛰었지만 끝내 뜨거워지진 못했을까

여하하든

내 빈곤의 빈도는 잦았고

그리하여 그대와 난 젖었다

오늘까지는

그 사람

모르는 사람과 나란히 목적지에 도착했습니다
그 사람은 지금 어디쯤 있을까요

4번 출구 계단을 오르는 사이에
벌써 단풍이 대신 얼굴을 붉혔다
같은 역에서 타서 같은 역에서 내리는 것
일행이 있어 본 지 오랜만이었다
안녕 조심히 가요 또 만나요 속으로만 외쳤다

그때의 철없음도
그때의 차 없음도 당연했지만
나는 차 없음을 더 견디지 못했다
그 사람은 하품 낀 울음을 간신히 참아내며 피곤하지 않다고
작게 말했다
괜찮다고 했다

무엇이 괜찮은 것인지는 아직도 모르겠다

그 사람의 아침은 따뜻한 밤식빵과 함께 길게 뜯겨
우유에 적셔졌다
똑같은 고소한 냄새가 모르는 사람의 옷깃에도 묻어있다
블랙커피 뒤에 숨을 수 없는 그 냄새를 나는 안다
당신이 내게 오던 날
당신이 나를 떠난 날
그이에게 일어난 모든 사고는 나의 가장 큰 사건이다

마중과 배웅은 어떻게 다른 얼굴을 하고 있는지 알게 되었다
커지는 나의 심장을 느끼며 너를 줄어들게 힘껏 안는 일과
작아지는 너의 등을 보며 터지는 내 마음을 혼자 누르는 일

다른 얼굴에서 나오는 같은 표정을 하고 있던 우리
같은 얼굴에서 나오는 다른 표정을 하고 서 있는 당신
수수하던 그 사람

늘 옅은 화장을 하던
그 사람의 마지막 화장은 가장 맹렬하고 냉정했다

뒤돌아본 사람이 없으니 마주한 채 멈췄으니
그리고 내게 안겼으니
배웅이 아닌 마중이라고 생각한다

내가 지켜내지 못한 존재는 이미
한참 전에 아무 말 없이 사라졌지

나를 가장 잘 아는 남과 나란히 종착역에 도착했습니다
그 사람은 지금 어디쯤 있을까요

발화

너를 말이야
새하얗게 잊어버렸는지
새까맣게 잊어버렸는지를
새카맣게 까먹어버려서

멍청하게 한번 불을 지펴보았지
바짝 녹슨 라이터가 엄지 지문을 척척 닳아 없애고
나는 너의 이름을 공허한 허공에
마른 한숨처럼 뱉어본 후─
물 빠진 기억을 부지깽이 삼아 쿡쿡

둘 다더라고
새카맣게 가슴은 태워버렸고
새하얗게 기억은 지워버렸고

유적 같은 흔적만 바라보다
한동안 그 자리에 머물었지
묻고 싶은 것은 여전히 못 물었지

놀이 쥐불놀이 타고
마을 고개 홀랑 넘어갈 무렵까지

부재중 전화

전화가 끊어졌을까
네가 끊었을까

일부러 받지 않았을까
보지 못했을까

거긴 아침이었을까
나와 같은 곳일까

이름보다 더 너 같은 숫자들
사진보다 더 선명한 한 줄에
잠 못 드는 밤

정말 부재했을까
아직은 조금 네가 남았을까?

그대의 언어

그대의 언어는 너무 쉬워서
말을 하지 않아도 말이 되었지
뿌리지 않아도 뿌리 깊은 꽃이 피었지

모든 답은 당신이어서
쉼도 잠시 머물다 갔지
당신의 언어가 부르던 부드런 감촉을 안고
매일 은하수를 덮고 나는
짧은 꿈을 많이 꾸었지

이윽고 어떤 날부터인지
우리를 받치던 그리을 기역의 변동 때문에
발탁되었던 내 사랑은 박탈되었고
그대의 언어는 미묘히 바뀌어버렸네

그 오묘함 속에 깃든 알 수 없는 우주

그 사소함 속엔 우리의 모든 것이 들어있었네

메마르지 않던 마음으로 당신을 매만지다가

매만질 수 없는 당신으로 내 두 볼 메마를 일 없네

그대의 언어는 너무 시려서

눈 오지 않아도 겨울이었지

얼지 않아도 부서졌지

쉬운 답을 찾지 못해 먼 길을 맨발로 돌아다녔고

물리도 소용이 없었지

당신의 언어가 쏟던 경보를 듣고

매일 방공호 속에서 나는

잠 없는 꿈을 꾸몄지

나의 숨바꼭질

질투의 시작이 사랑의 시작이었고
질투의 끝이 이별의 끝이라 생각했다
무고하지 않은 사람의 피를 몇 번 손에 묻힌 다음
겨울이 내리다 만 밤하늘 같은 이불에 얼굴만 묻었다

이윽고 처음 본 사람이 넘어져서 물었을 때만치 너는
괜찮냐고 물었다
나도 그처럼 괜찮지 않은 마음을 얼른 동여매고
괜찮다고 했다
너와 나는 소꿉놀이와 숨바꼭질을 동시에 시작해 버렸고
너는 밀알을 까부르듯 언제나 땀 한 방울 없이 나를 발견했다

나는야 언제나 술래
못 찾겠다 꾀꼬리
안 찾겠다 꾀꼬리

동네를 바지런히 휘저으며 방황하던 내내 울부짖었건만

못 잡겠다 네 꼬리
못 잊겠다 입꼬리
메아리만 울렸다

저절로 편지가 쓰였다 마음이 쓰여서
쓰다가 울었다 마음이 쓰려서

당연히 Y는 나타나지 않았다
그런데 상처는 사라지지 않았다
다만 매번 더 깊은 곳에 숨을 뿐이다
사라졌다는 생각은 그 아이의 저녁밥이었다
시간을 추억에 물 말아 쓱싹 먹고는 돌아와
매번 키가 반 마디는 더 커진 아이
다시 숨을 고르고는 딱지 떼진 표피를 톡톡 만지며
숨는다고 말한다
질투는 엊그저께 끝난 것 같은데 회한이 남아서

나는 또 언제나 술래

노인이 되어서도 젖내나는 짓을 끝내지 못하면

헤매던 길가에 작은 집을 짓고 그 아이와

나물밥을 해 먹어야지

눈물

한기 어린 새벽, 한 개 어린 새별이 똑하고 떨어진다
춘풍(春風)이 그 별을 녹여 미쁘게도 피려 하나
겨울 같은 당신의 마음이 아니었다면
단비가 되어 떨어졌을 것들도
알알이 엉겨 붙은 채 허공에 흩날린다

새하얗게
보드랍게
티 하나 없이
바람을 안고 두 뺨 위에 사뿐히 자리 잡아
그렇게 한순간 물이 되어 사라진다

언 물이 스며든다 날 새파란 바람을 타고 나도 숙연해진다
젖은 신발들 머리털 비설거지하려 처마 밑에 나란히 섰고
이륙을 준비하던 소령도 멈췄다 잠깐 멈추란다

그러곤 해종일 내리쬐는 물구름들

서울 사람들은 이곳에 비가 온 줄도 모른다

내가 맞은 비를 네가 모르듯

슬슬 꽃이 피려나 보다

부치지 못한 편지에 덧댄 편지를 썼다

PS: 아 은사님이여 잊었던 숙제들이 떠올랐습니다

으레 그것이 오면 놀이터로 가야 했습니다

짐짓 그것이 얼면 개울로 나가야 했습니다

얼굴을 잊은, 이름을 잃은 고우(故友)들과 무등을 타는 것이

간직한 세월 내내 밀린 숙제입니다

답장이 내렸다

눈은 그리움 비는 미움이라고

시간이 가면 눈은 그리움 되어 점점 쌓여만 가는데

미웠던 마음은 비가 되어 제풀에 씻겨 내려간다

그래서 모든 헤어짐의 뒤에는

미움보다 그리움이 더 오래 머무르나 보다

부산 그 바다가 내려다보이던 카페의 풍경이 자꾸만 생각나는데

도시에서 그 장면을 잊으려고

분주히 몸을 움직여봤지만

끝내 부산스러워지지 못한 나의 하루

그 바다가 내려다보이던 카페의 풍경이 자꾸만 생각나는데

식어버린 것들에 대하여

마음 급한 절기는 달아나듯 바뀌었고
그런 절기를 놓칠세라 쫓는 이의 신발엔
새 계절이 묻어 있습니다
여름은 부단히 덥고 겨울은 외롭게 추우니
길어진 계절이 된 것이겠죠
태초부터 쫓는 이도 힘이 부치는 시기입니다

머그잔 밑바닥에 차갑게 붙은 카페모카 반 모금
너의 구할이 뜨거웠어도 끝내 남겨진 것은 나의 입술을
냉정히 밀어내는구나

우리의 사랑도 그랬죠 뜨거운 것은 후후 불어
정욕의 향과 함께 마셔버리고
결국엔 또 찬 것만 남게 되었습니다
그것이 식은 것은 내가 꼭 그만큼을 남겨두었기 때문일까요

따뜻할 때 다 마셔버릴 걸 차라리 허옇게 식도가 부어올라도

남기지 말았으면 좋았을 것을

미련을 남기고 질투를 남겨서 식어버렸나 봅니다

누가 가장 추운 곳에 살까요?

남극도 그린란드도 베르호얀스크의 이웃도 아닌

식어가는 세상을 보는 이들입니다

그들은 사는 법을 모릅니다

온기는 이제 어설픈 구전설화로나 전해진답니다

쇠판 위를 미끄러져 요란한 춤을 춘 프라이는 다시

유정란이 될 수 없지요

눈 속에 파묻어 버려도 말입니다

익숙했던 것이 낯설어진 순간부터는 결코

같은 내일은 없을 겁니다

기시감(旣視感)에서 미시감(未視感)으로

오늘은 드뷔시의 달빛이 아닌

베토벤의 월광을 들어야겠습니다

같은 달빛 한 오라기라도 결코 같지 않더군요

바람이 매일 꽃을 만져주듯 미루는 건 사랑이 아닐 테죠

어느새

텃새는 떠나고
철새는 남았다

떠나는 모양, 텃세 부리지 않아서
부리 없는 채로
외로운 새로
궁창을 날아갔고

남은 모양, 철새처럼 철이 들어서
무거운 채로
고독한 새로
첫눈 위에 앉았다

떠나지 않을 것 같았던
외로운 새는 날아갔고

떠나야 했던 고독한 새는

발이 꽁꽁 얼었다

나는 텃새의 깃털을 가진 철새였다

발은 떠났는데 마음은 부서져 있었다

가루약

당신이 왕진을 와주었다면 어땠을까

의사는 단고 끝에 작은 알들을 처방했고
약사는 내색 없이 곱게 갈아주었고

목구멍이 좁아서
나잇값을 못해서
너를 삼켜낼 자신은 없고

매 순간이 후회일 만큼인 걸 알지만
이번에도 갈아지는 나의 마음

아빠 숟가락에서
빙빙 도는 고운 가루들

아파 너와 걸을 때

길을 잃던 가면 쓴 손가락들

공항

떠나는 사람
남는 사람
누가 더 슬플까

뜨는 비행기
앉는 비행기
뭐가 더 설레일까

남극에 사는 북극곰
북극에 사는 황제펭귄
어떤 게 더 보기 어려울까

쉼표와 마침표
누가 옳았을까

끝

끝이 보인다
그래, 비슷한 느낌이었어
잠깐 잊고 있던

이별은 아닌

끝이

너의 이웃이 될 수 있을까

시를 쓰기 위해 가슴에 잠긴 것들을 찾는 것보다
역겨운 것은 없다
그때 난 부리토를 먹고 있었다 옛 애인의 오묘한
홍채를 바라보며
핏붉은 살사소스를 얹을 건지에 대해 이야기하면서

인두와 칼에 난도질당한 근육을 끈적한 무저갱 속으로
한 덩이 또 한 덩이
어찌할 수 없는 것들에 대한 그 잔인한 무지함
이른 미풍에 깨어 젖동냥하는 진달래처럼

나는 네가 될 수 없어
오로지 제 곬으로만 흘러 내가 되었다

차마 지우지 못한 것은 자이가르니크 효과[1]

명왕성이 한순간 명왕(明王) 된다 해도
시퍼런 피를 철철 흘리며 이미 찢겨 간 몸
할매가 찢던 북어 대가리 같이
마주한 나는 누더기 소경
태양은 너를 모른다

다시 날이 밝았다
이웃집 식탁 위 식은 미음마저 검게 덮은 잿바람
부스러기 하나 제 입에 넣지 못한 외다리 비둘기
다만 덜 닦인 내 구두만이 치열하게 신경을 건드린다

가만히 받은 물을 들여다본다
그 아래로 나의 눈물은 쇳물 되어 천천히 두 뺨 패여간다

---

1) 러시아의 심리학자인 자이가르니크의 이름을 딴 것으로 첫사랑은 잊을 수 없는 것처럼 미완
   성 과제에 대한 기억이 완성 과제에 대한 기억보다 더 강하게 남는 현상을 뜻한다.

끝 가을에 찬 서리가 몇 번 내렸고
이제 패인 곳은 두툼히 익은 누에가 되어
처참히 터질 날들을 기다리고 있다

어제는 주일이었다
깨어있으라

할 말

분명 없었는데
원래 있었네

있어도 없다고 했는데
없다가 생기진 않았네

정말 알았는데
뭐였더라
겨울방학 전 기말고사 같았지

고운 모래가 머리 위로 나란히 쏟아지는 장면이
윤슬처럼 자잘히 빛내던 순간들이
서로 미장질하여
말문을 되바라지게 덮어버린 것이었지

할 말과 해야 할 말이 담쟁이로

우리 벽을 넘어가길래

누구의 편도 힘겹게 들지 않으려

찬찬히 바라보던 중이었지

이윽고 할 말을 스쳐 듣는 건

언제나

설익게 온 첫눈 위로 시나브로 새겨지는

너의 자취였지

하루살이의 영생

내 삶이
그대의 삶보다 나은 삶이라고
함부로 말할 수 없었다

순간이 영원이고
영원이 순간 같다는 것을 알지 못했을까

너무 미워하진 말아주세요
최종면접장의 마지막 말
그리고 지난 연인의 마지막 말

내가 잘못된 사람이 아니라
미움받기 알맞은 사람이었을 뿐이라는 걸

Tattoo

알면서도 너를 그리고

결국
천천히
오래
아프게

너를 지워내는 일

끝내 흉터로 다하지 못한 일

절벽

끝자락에서야 너를 그릴까
분명히 너는 예뻤고
우린 좋았고
아직 지난주 같은 기억인데

끝자락에서야 너를 그릴까
분명히 헤어져야 했고
우린 그랬고
아주 지겹게 되새겼는데

끝자락에서야 너를 그릴까
어차피 다시 지워야 하는 것을

아픔이 가시고 내 상처가 아물어서
가시 돋친 너를 다시 안으려는 습관

핏값으로 치러야 할 그 향기 한 번 다시 맡아보려고
다다른 절벽

구름은 그리움 되어 절벽 아래를 가려주고

그

　제

　　야

　　알

　게

　된

너

의

이

유

이유식

그 어떤 단계에 놓여있어

액체에서 고체로 넘어가는 단계랄까

흐르는 것에서 딱딱한 것으로 말이야

체온에서 뜨거운 것으로 말이야

스-후 스-후

티스푼에 얹힌

눈물은 더 이상 나오지 않더라

때가 된 거지

울고만 있진 않을 거야

이별은 했지만

이유식을 그리워하는 사람은 없듯이

문답

사랑이 왜 힘들죠?

애초에 사랑이 아니거나
그것이 본질이 아니거나

그럼에도

참 잘한 일이었다
너를 사랑했던 일은

제4부

설은 열매 같다 내 서른

———

시절이 아닌 계절이었습니다.

시절은 사라졌고 기억은 바래졌겠지만
그 계절로 인해 나는 살아지고 또 단단해졌습니다.

비소로 이제, 해빙을 머금은 봄입니다.
나의 눈물이 흐를 수 있겠습니다.

가장자리

가장자리

가장의 자리

가장 저린 자리

간장

시장 같은 마트에 갔다
조선간장, 왜간장, 양조간장, 진간장, 국간장

가장 간장 같은 간장이 무엇인지 몰라
잡히는 간장을 손에 쥐고

무엇을 해 먹어야 할지를 몰라
주방 한켠에 며칠을 그냥 두었다
그 간장도 애간장도 녹는 것 같았다

우두커니 엄마 생각이 났다
나는 아직 배울게 너무 많이 남았다

미의 유종

어쩌면 사는 것이 아닌 살아남아야 하는 세상이 된 걸까요
불행을 행복의 부재 정도로 생각하시다니 (무례하시군요)
호의를 의심으로 갚는 게 현대의 미덕이라면 믿으시겠어요?

또 있습니다
이제 우체국의 사명은 편지가 아닌 소포라지요
부피는 무게와 비례하지 않는다는 것
삼차원보다 심오했던 이차원
지우고 썼다를 반복한 가슴의 무게까지 담은 서신은
여전히 제 갈 길이 남았을까요

붙어살 뿐 모여 살지 않는 우리
살은 닿아도 얼굴은 맞대지 않으며

내 유치(乳齒)들은 지금쯤 다 어디에 누워 별을 볼까요

그리고 남은 흑연 속에 얼마만큼 많은 날들을 더
아프며 보내야 할까요

도려낸 나뭇가지 살점을 보며
드르륵 드르륵 울어주던 너도
몽당칼이 되어가고

그래 인생은 아픔이라지 인생은 아픔이라지
훤히 피던 순간도
결국은 다 아프기 위해서라지

제 명을 다하지 못한 이도
사투를 벌이다 기어코 며칠을 더 살아낸 이도

기다림의 끝에 있는 것은 기다림이겠지

어른

때와 장소를 가려 울지 않는 것.

그러나
너무 큰 슬픔에는
때와 장소도
옆에 있는 이도
나의 못난 표정도
개의치 않고
엉엉 주저앉아 오래도록 울 수 있을

그런 용기를 가져야
어른이 된 거라고 할 수 있지

기도, 새벽

묻고 싶은 것이 있을 때마다 가곤 했다
울고 싶어서라기보단

가슴에 몰래 동시에 깊숙이 묻고 싶은 것이든
당신께 한탕 따지고 싶은 것이든 간에

묻고 싶은 것이 가슴을 뚫고 나올 때마다
조용히 그 길을 걸었다

아무 말 없는 당신

침묵은 금이란 말은
누군가 들었을 당신의 음성이었을 것을 알고도

아무 말 없는 당신

니르고져 훑배이셔도[2]

높은 곳에서 바라보며

다만 마주 보며

---

2) 말하고자 하는 바가 있어도

난

고난이도의 고난과

유난이던 가난 너머로

애지중지 뻗은 너의 난

이보다 나은 존재일까 난

부고

홀로 나만 울었네
어둠이 칠흑 같던 그 고요한 그믐달 아래
나는 무얼 바라 구슬픈 곡 되길 자처했나

올 사람은 많다지만
울 사람은 정작 여기 없는데
왜 꿈에는 일어났나

사랑이 이다지도 피우지 못한 것은
지난여름 악어였던 늪에 빠진 마음이야

고린도전서 10장 13절

적이 저기 있다

기적이 기척이 있다

자율 안부

격월에 한 번 가여움 없이

쓰던 칫솔을 쓰레기통에 처박을 만큼은

나도 어른이 되었다

인생을 논하기에도 모른다 하기에도 요상한 나이가 되었다

스물일곱 번째 여름 목요일 오후에 치즈처럼 걸쳐있다

그땐 몰랐다 누군가를 사랑하는 마음의 크기가 자유인만큼

부재 후에 오는 아픔도 혼자 짊어져야 한다는 것을

나는 예수가 아니기에 시몬도 없었다

사랑에 쉬이 취할 줄은 알았는데

적당한 거리를 유지하는 법은 알지 못해

은하수가 초연히 쏟아진 새벽이 되면

새카맣게 탄 석탄이 심장을 뚫고 벽난로 속으로

더 활활 타들어 갔다

밤새 우유를 마셔도 소용이 없었다

사랑이란 우리은하처럼 안전거리를 유지하며 정방향으로
나아가는 것인가
충돌한 소행성처럼 뜨겁게 순교하여 하나로 머무는 것인가
헛갈렸다
어쩌면 사랑도 부르기에 따라 분류될 수 있는지도 모른다

관계에 따라 대화가 달라지는 걸까
대화에 따라 관계가 달라지는 것일까 헛갈렸다

그럼에도 여전히 희생자는 있고 가해자는 없었다
그들은 새로 난 흉터를 남에게 보이며 자기 결백을 구했고
나는 이 행위가 역겨워 언제든 구토를 하고 싶을 때면
흉터를 들춰보았다
사는 것은 잘 있단 것도 그렇지 않단 것도 아닌 소식을
머금고 조금씩 늙어가는 것
어쩌면 버텨왔다는 것이 잘 지내왔다는 것 아닐까
풀지 못한 숙제와 해답 없는 문제가 뒤엉켜 선명한 퇴적층을
만들어가고

그 무렵 우정국이 전해준 우정에는

반쪽짜리 악수가 적혀있었다

나는 솜털이 잔뜩 묻은 그 손을 아직도 못 본 체하며

그렁그렁 둥치처럼 살아가고 있다

봐도 못 본 척

못 봐도 본 척

군중 속에 숨죽이며

아주 큰 슬픔에 잠기면

태평양 같은 슬픔은 태평이 예고였다
작은 분노까지 남김없이 쓸어갈 만큼 잔혹했기에
지나간 자리엔 허함과 태초의 감정만이 초연하게
궁창이 둘로 나뉘기 전 신비로운 창세기처럼

애통함이 누런 싹을 틔울 즈음엔 비로소
한 계절을 마른 눈물로 다 보낸 다음이겠구나

무엇이 이제 내게 남았을까 자문하니
한 다발의 햇빛이 말없이 말을 거네

절필

몸이 가려우면 씻어야 했고
맘이 괴로우면 시 써야 했지

애쓰는 게 스스로 안쓰러워
할 수 없이 지금은 안 쓰련다

서른

아무 이유 없이
마음 편히 전화 걸 사람이 없다는 것

가끔은 잊고 살던 어떤 이가 불쑥
겸연쩍은 안부를 전해주길 바라는 시기다
인생은 가끔 이런 식이다

설은 열매 같다 내 서른

ㅎ ㅇ ㅌ

하여튼,

하이틴은 아니지만 그래도

화이팅 하는 걸로

금주

금주에 할 일
금주.

보고 싶어질 그 사람이
쓰나미처럼 밀려오지 않게 하려고

맨정신에 살아갈 수 없는 세상이란 걸
인정하지 않기 위하여

또 무엇을 위하여
금주를 위한 건배를 외칠까

위를 위하여
아래를 위하여

대장을 위하여

졸병을 위하여

혈관을 위하여

심장을 위하여

기억력을 위하여(너를 더 오래, 자세히 기억하기 위하여)

그리고 운전을 위하여

저금통을 위하여

내일의 내 일을 위하여

마실 수밖에 없을 아주 좋은 날을 위하여

같은 실수

딱 한 잔만 하려 했는데
딱한 자가 되어버렸네

디아스포라

당장이라도 한 소낙비 쏟아낼 것 같은

갓난배기 얼굴을 한 하늘 아래

동트기 전 어떤 삶의 힘겨움이 게워낸

몇 개의 토사물 사잇길을 지나

마땅히 내가 있어야 할 곳으로 마땅히 내가 지켜야 할 시간에

짊어진 것이 손 없는 날 맹키로 많지만

뒤로한 것이 태산 같아도

미어지는 네모 속, 텅 빈 내 몸속을 끼워 넣는다

삐걱 삐거억 마음에 기름칠을 하지 못해 나는 소리

껍데기들을 가득 싣고 달음박치는 전차는

좁고 늘다란 땅굴을 격파해 나간다

딱 도망가지 못할 정도만 나를 매어두는 그날의 봉투

나는 열어볼 수 없는 그곳에 들어있는 설익은 눈동자들

바벨과 덤벨

오늘날의 고통을 떨이로 팔아

오는 날의 행복에게 자비를 구하며

젖비린내 나는 벚꽃을 피우기 위해 먼저 나고 죽는

비련 같은 목련

솎아내지 못한 잡초는 화분의 주인공

힐난 속에 뿌리를 더욱 단단히 내리기로 하며 오늘도 내일도

그 너머도

몰랐었네 내가 살던 아파트는 휘어버린 아빠 등

위로하는 사람이야말로 위로를 받아야 할 사람

위로하는 사람의 말로(末路) 내가 걸어가야 할 선례

부자

정확한 시점은 정말 모르겠다
바로 어제 일인 듯이
쉽게 들려진 자는 사명을 다해간다
영웅의 속머리에는 결국
이겨내지 못한 겨울이 내려있다

인생은 연극이고 인간은 배우라는 오래된 통찰에
한량없이 눈물이 솟는 것은
자연의 섭리요
로마제국의 몰락이요
인생은 비극인 까닭이다

승자와 환희가 없는 역전의 모순
모든 전유물을 뒤안길로 내다 버리고
먼 고향을 돌아 다시 집으로 오는 길

그 홍해 같은 골목길에는
침묵 속 주정만이 거리등에 비추어진다

의미 없는 말의 반복
의미 없는 역전의 계승(繼承)
망극의 역사는 못난 선생 없이도
널리 전해질 것이다

모서리

고갤 들어 나의 존재를 직시할 수 없다면

세 갈래로 고요히 뿜어지는 검은 빛을 발견할 수 없겠죠

고개를 든다는 것은 차원을 넘는다는 것

제임스 웹 망원경이나 보이저 같은 탐사선을 공간 너머 멀리

쏘아 올릴 필요는 없습니다

일반상대성이론과 블랙홀을 절구 찧는 토끼들보다 면밀히

탐구할 필요도 없습니다

그렇습니다 다만 그보다 고개를 드는 것이 우리에겐

더 어려운 일입니다

당신과 나 사이의 거리는 삼각형자리 은하보다

조금 가깝기도 하고 때론 멀기도 합니다

콧기름의 농도와 코허리의 매끈한 각도에 따라서

더군다나 요즘같이 쉽게 시가 쓰여지지 않는 세상에서

고개를 들고 살아가는 것은

매우 드문 일입니다

모서리 가득한 구들방은 나의 나라.

나는 천정의 편린(片鱗)이 아닙니다 그렇다고

용의 눈동자도 아닙니다

나는 오히려 그것의 주동자요 설계자이자

기한 없는 전쟁 포로입니다

모난 곳이 있기에 살아있는 것이겠죠

모서리가 있어야 비로소 삼차원, 우리가 사는

세 개의 세계가 되는 것이죠

배 가슴 머리

사랑 소망 믿음

미래 현재 과거

행정 사법 입법

속력 시간 거리

중도 우파 좌파

돼지 김치 홍어

플레밍의 왼손 법칙

바다 땅 하늘

의식주

국민 주권 영토

살아있거나 죽었거나 무감각하거나

너와 나 그리고 그 외의 모든 것들

빳빳한 지붕 아래로 흥건히 스며들며 완성된 왈츠 한 곡

바벨탑의 오묘한 끝보다 첨예하고

오이디푸스가 망막을 찌른 브로치보다

운명론적인 그의 마무리. 모서리

독백

혼자 술을 마시면
보고 싶은 사람들이 떠올라

그래서 가끔은
너무 바쁘게 살다가

내가 누구를 보고 싶어 하는지조차
까먹을 때가 있어

그때 술을 마셔
그럼 내가 누구를 보고 싶어 하는지를 알게 돼

변명도 참 길다 그치?
앉아 한잔하자
와줘서 고마워

어떤 날

시를 안 쓰면 안 될 것 같은 날이 있다. 아무것도 오지 않았는데. 그런 날은 영감도 뮤즈도 도통 오질 않는다. 아 어떤 날은 온 적이 있던가? 그날도 그랬다. 가끔 시간의 순서는 뒤죽박죽일 때가 있어 큰일을 치르던 다음날이 어제가 되기도 하고 힘들었던 결심은 있었는지도 모를 구린 타임머신을 타고 돌아가 다시금 고민이 되어 나타나기도 한다. 원점이다. 그라운드 제로, 어김없이 핵폭탄 투하. 나는 비행기 안에서 스스로 인터넷을 끊기 전, 문자를 보낼까 말까 망설였다. 하지 않은 일 중 가장 잘한 일이었다. 사랑했던 여자의 모든 기억에 인두를 대던 날. 마지막 날은 내가 가지 못했다. 사라지고 없어질 것들은 모래 속이든 눈 속이든 바짝 숨어서 나를 속였고, 나는 이지적인 사람이 되고 싶은 이기적인 사람이었을 뿐이었다. 기억도 증거도 완전한 것이 아니라면 어떤 해석도 정황도 적확하지 않다고 믿으며 그렇게 혼자 위로하며.

어떤 날이었고 어떤 날이고 어떤 날이 있을. 그 어떤 날에 쓴 시는 못쓰면 안 될 것 같은 시다. 원선배가 그랬다. 너의 어떤 시, 그러니까 나의 어떤 시는 무슨 말인지 한 개도 못 알아먹겠는데 좋은 시가 있다고

간밤

간밤

짙게 꿰매어진 색 도화지 아래

가녀린 그믐달이 홀로 어둠을 맞서

빛을 잃지 않으려 애쓰고 있을 때

나도 영롱한 별들을 함뿍 모아

빛이 되게 하려 흐느꼈다는 것을

당신은 알고 계실까요

왜 이제야 오셨나요

심장이 눈에 뷜 듯 자맥질하고 하릴없이 그대의 기억이

뚝뚝 흐릅디다

이제 고희(古稀)가 가차워 우리를 반대했던

그 마을 어른들보다

봄가을을 열 해나 더 보냈지만

나는 아직 어른이 되지 못하고 봄소녀로
당신과 일생을 다 보낸듯합니다

공유할 수 없는 추억이 돼버린 당신과의 일들을
기어이 추슬러봅니다
당신의 허리춤에 매달려 탄 자전차는
나 때문에 아직 죽지도 못합니다

그때나 지금이나 눈물을 알려준 당신
그때는 미웠고 지금은 그립습니다
당신은 눈물입니다

토란 같은 알밤 서너 개를 벗겨
곱게 흰 소반 위에 올려놓는 것으로
사랑방 영감님께 미안함을 대신합니다

오늘 하루만큼은 간밤부터 떠 있는 그믐달이

온 낮을 힘껏 밝힙니다

구부러진듯해도 나도 오롯이 살아가야겠습니다

기혼

너도 내 생각이 나겠지

그리고 그렇게 살아가겠지

끄트머리

끝은

새로운

세계의

시작이란 걸

모놀로그(monologue)

계절이 지나간 자리에서

———

모놀로그(monologue):

극(혹은 인생)에서 다른 등장인물의 존재 여부와 관계없이

자신의 생각을 소리 내어 말하는 것.

모놀로그(monologue): 계절이 지나간 자리에서

영화 '리틀 포레스트'의 분위기를 의도하고 떠난

여정은 아니었지만,

오랜만에 찾아뵌 당신들 댁에는

그 영화에서 풍기는 듯한 여름 냄새가 가득했다.

새파란 풀냄새와 달팽이 모기향 냄새가 섞인,

2011년도 여름수련회 냄새도 났다.

해피와도 제법 친해졌고

빈손으로는 갈 수 없어 오래된 상회에 들러

부랴부랴 과일을 사 들고 갔던 내 손에는,

집으로 돌아갈 때 즈음 어김없이

과일값의 서너 배는 훌쩍 넘는 돈봉투가 들려져 있었다.

봉투에는 壯途(장도) - '중대한 사명이나 장한 뜻을 품고 떠

나는 길'이라는

한자가 적혀있었는데, 할아버지가 월남으로 떠나시던
날에도 할아버지의 아버지로부터
壯途(장도)가 적힌 봉투를 받으셨을까? 하고
문득 궁금했지만 여쭙진 않았다.

새로운 계절을 준비하기 위한 장소로
이보다 더 완벽한 곳은 없을 것 같다.
나의 과거와 현재 그리고 잘 살아가야 할 이유가
함께 살고 있는 곳.
더 자주 찾아왔어야 했다.

소리는 듣지만, 보지도 잡지도 못하는 매미들이 늘어났고
몇 권의 여름이 스르륵 넘어갔다.
그렇게 우리가 웃으며 함께 모일 수 있는 날도
다시, 다음 해로 넘어가고 있었다.

여름이었고, 겨울이었다.
그대가 있었고 내가 서 있었다.

모든 것이 나의 이야기는 아니었지만,

모든 것은 분명 어떤 이의 이야기였을 것이다.

모든 날이 나를 위한 계절은 아니었지만,

모든 날은 분명 어떤 이를 사랑하기에 좋았을 것이다.

나와 함께 그 계절을 보낸
모든 당신들에게 바칩니다.

미안합니다.

그랬을지언정
고맙습니다.

나는 심었고 아볼로는 물을 주었으되

오직 하나님께서 자라나게 하셨나니

그런즉 심는 이나 물 주는 이는 아무것도 아니로되

오직 자라게 하시는 이는 하나님뿐이니라

1 Corinthians 3:6~7